RECUEIL

DES OUVRAGES

QUI ONT REMPORTÉ LES PRIX

A L'ACADÉMIE

DES JEUX FLORAUX,

En 1761, 1762 & 1763.

Par M. le Chevalier DE LATRAMBLAYE.

Parvum parva decent. Horat.

A LONDRES,

Et se vend

A PARIS

Chez VALLAT-LA-CHAPELLE, au Palais,
sur le Perron de la Sainte Chapelle, au Château
de Champlâtreux.

M. DCC. LXIII.

RECUEIL
DES OUVRAGES
QUI ONT REMPORTÉ LES PRIX
A L'ACADÉMIE
DES JEUX FLORAUX,
En 1761, 1762 & 1763.

LE JALOUX.
ODE.

SUR ce rivage où tout soupire,
Où j'ai coulé de si beaux jours;
Lieux embellis par ma Thémire
Et consacrés par nos amours;
Dans cette demeure céleste,

A

Où d'aucun sentiment funeste
Je n'avois éprouvé l'horreur ;
O Thémire ! ô ma jeune épouse !
Quelle inquiétude jalouse
Vient empoisonner mon bonheur ?

✿ ✿

D'UNE flâme affreuse, imprévüe,
Je me sens brûlé près de toi.
Un nuage obscurcit ma vüe.
La fureur s'empare de moi.
A ce sentiment invincible,
Je reconnois un Dieu terrible,
Un Dieu, que je ne comprens pas.
Fuis, dans ce délire effroyable,
Je peux, amant impitoyable,
Profaner jusqu'à tes appas.

✿ ✿

FUIS, dis-je! tout ce que j'adore
En ce moment m'est odieux......
Cruels destins! Que vois-je encore ?
L'enfer se peint-il à mes yeux ?
Pourquoi ces ombres, ces ténébres?
Pourquoi ces images funébres,

ODE.

Ces spectres, ces objets d'horreur ?
Hélas ! tout à reçu l'empreinte
Des maux dont mon ame est atteinte,
Et tout réveille ma fureur.

Mais de cette nuit ténébreuse
Qui vient percer l'obscurité ?
Grand Dieu ! Quelle lumiere affreuse !
Quelle funeste vérité !
Tremble, cœur lâche, ame parjure.
Oses-tu joindre l'imposture
Aux plus honteux égaremens ?
Apprens que ces feintes allarmes,
Ces vains soupirs, ces fausses larmes,
Mettent le comble à mes tourmens.

Près de cette onde claire & pure,
Contemple ce jeune arbrisseau,
Ce myrthe, amour de la nature,
Que mes soins ont rendu si beau ?
Cruelle, oses-tu te déffendre
Lorsque sur son écorce tendre
Je vois nos chiffres effacés,

A ij

LE JALOUX,

Gages de mes ardeurs sincères,
Prétieux, divins caractères,
Que l'amour même avoit tracés ?

⁕ ⁕

De ce forfait abominable
Ne connaitrois-je point l'auteur ?....
Que vois-je ? Quelle main coupable
Orna son sein de cette fleur ?
Ah ! si cette main téméraire
Avoit osé sans lui déplaire......
Doute affreux ! jour rempli d'effroi !
Tous les serpens des Euménides,
Evoqués dans ces lieux perfides,
Rampent, sifflent autour de moi.

⁕ ⁕

Oüi. Ma rage se renouvelle
A ce penser désespérant.
Dieux ! Que ne puis-je devant elle
Offrir mon rival expirant !
Amour, j'implore ta puissance.
Livre aux fureurs de ma vengeance
L'objet de ses lâches amours.
Qu'il meure ! & que ma main jalouse

ODE.

Dans le sang d'une indigne épouse
Lave l'opprobre de mes jours.

✸✸

Mais toi-même à qui je m'adresse,
Tyran superbe des mortels,
Dieu bizare, à qui la foiblesse
Erigea seule des Autels,
Auteur du tourment qui m'opprime,
Vautour dont je suis la victime,
Crains ma fureur, redoute-moi.
Je connois ton pouvoir barbare
Mais plein du démon qui m'égare,
Je suis plus barbare que toi.

✸✸

Percé du trait qui me dévore,
Accablé du poids de tes fers,
J'irai du couchant à l'aurore
Liguer contre toi l'univers.
On connoîtra tes injustices,
Tes cruautés, tes artifices.
Je peindrai tes forfaits affreux.
J'aurai du moins dans ma souffrance

LE JALOUX,

La reſſource de la vengeance,
Reſſource ouverte aux malheureux.

❋ ❋

Maître cruel, inexorable,
Monſtre, que l'on appelle amour,
C'en eſt fait. Ton régne exécrable,
Ton régne eſt paſſé ſans retour.
Vois-tu ces amans en furie?
La ſombre & pâle jalouſie
Guide leurs pas précipités.
Vois-tu la diſcorde fatale
Des feux de ſa bouche infernale
Enflamer leurs ſens irrités?

❋ ❋

Venez partager ma victoire,
Triſtes amans, accourez tous.
Venez; mais laiſſez-moi la gloire
De lui porter les prémiers coups.
Laiſſez-moi d'une main hardie,
Briſer le Taliſman impie
Auquel il doit tout ſon pouvoir.
Cet accueil ſi doux & ſi tendre,
Dont mon cœur ne pût ſe défendre,

Ne peut aujourd'hui m'émouvoir.

✾ ✾

Frappons... Mais quel charme invincible
Suspend tout-à-coup ma fureur ?
Quel Dieu, quel sentiment paisible
Retient mon bras, remplit mon cœur ?
Quelle est cette troupe légère
Qui danse & rit sur la fougère,
Et qui folâtre dans ces bois ?
Sur un lit de myrthe & de roses,
Sur des fleurs fraichement écloses,
Est-ce Thémire que je vois ?

✾ ✾

C'est-elle, ô Dieux ! c'est ma Thémire.
Ses beaux yeux sont baignés de pleurs.
L'amour la regarde, soupire,
Et se reproche ses fureurs :
» Tranchez, lui dit ma tendre amante,
» D'une voix plaintive & mourante,
» Tranchez des jours infortunés ;
» Des jours jadis remplis de charmes,
» Et qu'à d'éternelles allarmes
» Mon cher Silvandre a condamnés.

A iiij

❋ ❋

Le voici cet amant coupable,
Thémire, il tombe à tes genoux.
Perce son cœur impitoyable
Il vole audevant de tes coups.
Frappe ; mais non. L'ingrat Silvandre,
Cet objet d'une amour si tendre,
Ce monstre qui pût te haïr,
Trop indigne de ta colere,
D'une main si belle & si chere
Ne mérite pas de mourir.

LES CHARMES
DE L'AMOUR CONJUGAL,
ODE.

Sur ce beau tapis de verdure,
Témoin de ma félicité,
Trône immortel de la Nature,
Lit de la tendre Volupté ;
Viens avec moi, belle Zémire :
Viens, du sentiment qui m'inspire,
Partager les heureux transports.
C'est ton jeune époux qui t'appelle :
Ma compagne aimable & fidelle,
Prête l'oreille à mes accords.

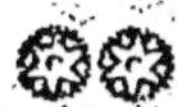

Oui, je veux répéter encore
Ces mots touchans, harmonieux,
Ces mots, je t'aime, je t'adore,
Que je crois chanter toujours mieux.
Le soir, avant que la nuit sombre
Nous enveloppe de son ombre,
Je les chante sous ces berceaux :

Frappé des sons de ma musette,
Au matin l'Echo les répette
Dans les rochers de ces coteaux.

De la Nature ame féconde,
Amour, dont j'adore la loi,
Sans toi tout languit dans le monde,
Et rien n'existe que par toi.
Ma Zémire, j'ai vû l'Automne,
Des trésors que le Ciel nous donne,
Enrichir vingt fois le hameau :
Vingt ans fatigué de mon être,
Ce globe où tu m'as fait renaître,
Ne m'offrit qu'un vaste tombeau.

Tel que cet arbrisseau fragile
Que tu vois ramper sans appui,
Je languissois, morne, débile,
Courbé sous le poids de l'ennui.
J'errois sur l'océan du monde,
Jouët du courroux de son onde,
En proie aux destins rigoureux.
Peins-toi, ma compagne adorable,

Ce jour où ta main secourable
Combla le plus doux de mes vœux.

✹✹

GRAND Dieu ! quand sa bouche ingénue,
Tendre Echo de ses sentimens,
Me fit dans ton Temple, à ta vûe,
Le plus auguste des sermens ;
Toi seul, arbitre du tonnerre,
Maître des Maîtres de la terre,
Tu me parus plus grand que moi.
J'étois à toi, chere Zémire :
Que m'étoient un sceptre, un Empire,
L'univers entier près de toi ?

✹✹

TOUT l'éclat des grandeurs suprêmes
Vaut-il un sentiment du cœur ?
Gloire, fortune, diadêmes,
Ah ! qu'êtes-vous pour le bonheur ?
Que deviennent vos plus beaux charmes
Comparés à ces douces larmes
Que le sentiment fait couler ?
Torrent de plaisir & de joie
Où l'ame se plonge & se noie,
Non, rien ne peut vous égaler.

Qu'il est doux d'épancher son être
Dans un cœur tendre & vertueux,
Ardent à saisir, à connoître,
A prévenir nos moindres vœux !
Hélas ! sur le globe où nous sommes,
Le plus heureux de tous les hommes
Gémit & se plaint quelquefois :
Mais dans ton sein, belle Zémire,
Le bien renaît, le mal expire,
Et ma raison reprend ses droits.

Oui, tendre moitié de moi-même,
Chère compagne, objet vainqueur,
Oui, tout reçoit de ce qu'on aime
La douce empreinte du bonheur.
Tu fais de ma cabanne obscure
Le vrai Temple de la Nature,
Le riant séjour du Plaisir.
Est-il un lieu sur ce rivage
Où je n'admire ton image,
Où je ne t'adresse un soupir ?

La Nature n'eſt point muette
Pour les cœurs vivement épris.
Entens-tu cette voix ſecrette
Qui parle à mes ſens attendris ?
Ecoute cette onde plaintive
Qui ſemble en fuyant cette rive,
Dire ſans ceſſe à ton époux :
» Aux lieux où mon deſtin m'appelle,
» Verrai-je une chaîne plus belle,
» Verrai-je un ſpectacle plus doux ?

Ecoute ces feuillages ſombres
Qui ſe diſputent tour à tour
La faveur de prêter leurs ombres
A tes appas, à notre amour.
C'eſt pour toi que plus libérale,
J'ai vû l'amante de Céphale
Verſer tant de pleurs ce matin.
Vois, ma Zémire, vois ces roſes,
Qui demandent, à peine écloſes,
L'honneur de mourir ſur ton ſein.

Rossignols qui peuplez ces rives,
Que j'aime vos tendres ſoupirs !

Je sçais, dans vos cadences vives,
Distinguer l'accent des plaisirs.
Je n'entens plus ces doux ramages,
Lorsque vous échauffez les gages,
Les tendres fruits de vos amours.
Plus heureux, le beau nom de mere
M'a rendu Zémire plus chére,
Je l'aime & la chante toujours.

Qu'aux yeux de celle que j'adore
Tout emprunte un éclat nouveau.
D'une haleine plus douce encore,
Zéphir, agite cet ormeau.
Voltige autour de ma Bergere.
Qu'un coup de ton aîle légere
Fasse flotter ses blonds cheveux.
Ose, dans ton ardeur folâtre,
Découvrir ce trône d'albâtre,
Objet de mes plus tendres voeux.....

Ah ! qu'ai-je dit, sage Zémire !
Que cette innocente pudeur,
A tant de charmes que j'admire,

Ajoute un attrait enchanteur!
O Pudeur! ô Vierge céleste!
Que j'aime le voile modeste
Dont tu couvres la volupté !
Oui, chaste ornement de ces rives,
Tes graces simples & naïves
Sont plus belles que la beauté.

Rappelle-toi, femme adorée,
Que dans ce fortuné séjour,
La Vertu plaintive, éplorée,
Daigna nous apparoître un jour.
» O mes vrais amis, nous dit-elle,
» Couple ingénu, couple fidèle,
» Pénétrez-vous de mes malheurs.
» Apprenez mes vives allarmes.
» A mes intarissables larmes
» Venez mêler vos justes pleurs.

» Non loin de ce séjour paisible,
» Près de l'enceinte de ces bois,
» J'ai vû mon ennemi terrible,
» Qui dictoit ses honteuses loix.

» J'ai vû l'affreux Libertinage,
» Ce cruel tyran du jeune âge,
» Lever un front audacieux.
» L'Excès, l'Audace, l'Insolence,
» L'Effronterie & la Licence
» Le suivoient en bravant les Dieux.

» SOURDE à mes plaintes ingénues,
» J'ai vû la foule des mortels
» Former des danses dissolues
» Sur les débris de mes autels.
» J'ai vû sans appui, sans défense,
» La foible & timide Innocence
» Qui s'éloignoit avec horreur:
» Oui, dans leurs fêtes détestables,
» Les Bacchantes, bien moins coupables,
» Insultoient moins à la pudeur.

» O, vous, qui marchez sur mes traces,
» Epoux comblés de mes faveurs,
» Consolez-moi dans mes disgraces;
» Mon plus beau Temple est dans vos
cœurs.

» Tels

» Tels deux palmiers que la Nature
» Eleve au bord d'une onde pure,
» Mêlent, confondent leurs rameaux;
» Tels j'unis Zémire & Timandre:
» De ce lien toujours plus tendre,
» Naîtront des biens toujours nouveaux.

LE MISANTROPE,

O D E.

L ı e u fauvage & terrible, azile impénétrable
Aux regards indifcrets des profanes humains,
Antres fourds & profonds, dont un Dieu, fecou-
rable
M'a frayé les chemins,
Aux fureurs des méchans dérobez ma vielleffe :
Courbé fous le malheur, ufé par la trifteffe,
Le temple de la mort doit être mon féjour.
Hommes infortunés, que j'appris à connoître,
Ecoutez votre ami (a) ; ce jour, ce jour peut-être
Sera mon dernier jour.

(a) Il ne faut pas que le nom de Mifantrope en impofe, comme fi celui qui le porte étoit ennemi du genre humain. Une pareille haine ne feroit pas un défaut, mais une dépravation de la nature & le plus grand de tous les vices...... Le vrai Mifantrope eft un monftre : s'il pouvoit exifter, il feroit horreur..... Le caractère du Mifantrope n'eft pas à la difpofition du Poëte ; il eft déterminé par la nature de fa paffion dominante. Cette paffion eft une violente haine du vice, née d'un amour ardent pour la vertu, & aigrie par le fpectacle continuel de l'infortune & de la méchanceté des hommes. *Lettre de M. Rouffeau à M. Dalembert.*

J'ai effayé de peindre le Mifantrope d'après ces idées : j'ai ofé lui faire dire, en s'adreffant aux hommes de toutes les nations, *écoutez votre ami.* Je ne doute pas que cette expreffion ne paroiffe déplacée à la plus grande partie de mes Lecteurs qui jugeront mon Mifantrope fur quelques *fureurs puériles* du Mifantrope de Moliere, dont ce Grand Homme crut devoir charger le refpectable caractère d'Alcefte. C'eft aux Philofophes à

✿✿

Q**UEL** abîme de maux se présente à ma vue !
Je sonde avec effroi ce gouffre ténébreux.
O Ciel ! Combien la terre en sa vaste étendue
      Contient de malheureux !
Du Tanais au Rhin, de la Seine au Zaire,
Tout murmure & se plaint, tout gémit, tout sou-
    pire.
Le désordre & l'horreur habitent l'univers.
Dans ce séjour de sang, de crime, d'imposture,
Hélas ! je cherche envain le roi de la nature ;
      Je ne vois que ses fers.

✿✿

L**E** Citoyen du monde embrasse tous les âges ;
Il vit dans tous les tems, il existe en tous lieux :
Jusqu'aux peuples, cachés sous des huttes sauvages,
      Tout arrête ses yeux.
Dans les siécles passés il élance son être.
L'un par l'autre détruits, il voit tomber & naître

---

prononcer entre eux & moi. C'est à cette classe d'hommes, si peu
nombreuse, qui gémit en silence des crimes & des malheurs de l'humanité, qu'il appartient d'approuver ou de condamner le ton de cette
Ode. Quelque foible que soit le tableau qu'elle présente, malheur à
qui pourra le voir d'un œil indifférent ! Malheur à moi-même si j'avois
pu le tracer sans l'arroser de mes larmes !

Ces Empires fameux, frêles jouëts du fort ;
Tandis que des humains le troupeau misérable
S'avance en gémissant sur ce globe coupable,
    Des douleurs à la mort.

❉❉

Est-ce un être infernal qui gouverne l'Asie ?
Le Musulman, barbare en sa stupidité,
Fait-il donc de la sombre & pâle jalousie
    Une divinité ?
Quels spectres dégoutans gardent l'enceinte ob-
    scure
De ces lieux redoutés, où gémit la nature,
Où le plaisir languit sans force, sans appas ?
Esclaves sans courage, objets d'ignominie,
On peut donc suporter le fardeau de la vie
    Dans la nuit du trépas ?

❉❉

Cachez vous à mes yeux, hommes sans foi, sans
    ame,
Des bords du Sénégal monstrueux habitans,
Qui vendez sans frémir à l'avarice infâme
    Vos freres, vos enfans.
O race des Incas sur la terre adorée !

Savez-vous qu'aujourd'hui dans la même contrée,
Dans les champs de Quito , cultivés par vos
      mains,
Des Tigres, dévorés d'un feu qui croît fans ceffe,
Boivent avec votre or la foif de la richeffe
      Et le fang des humains.

❈ ❈

MINISTRES de Bellone, inftrumens de carnage,
Soldats, accourez-tous fur ces toîts embrafés :
Venez, ames de fer , contempler votre ouvrage ,
      Venez fi vous l'ofez.
D'une aveugle fureur victimes mercénaires ,
Plongez-vous dans ce fang ; c'eft le fang de vos
      freres......
Comme il coule à longs flots de ce flanc mal-
      heureux !
Voyez ce front livide où la mort fe déploye.......
Entendez-vous l'Enfer qui pouffe un cri de joie
      A ce fpectacle affreux ?

❈ ❈

QUEL démon vient fe joindre au démon de la
      guerre,
Au défordre éternel des élémens divers ?

B iij

Il touche en même-tems aux deux bouts de la
    terre;
       Il remplit l'univers.
Que sa voix est terrible & son regard farouche!
Le poison le plus noir distile de sa bouche;
Un glaive formidable étincelle en sa main:
Les aveugles soupçons, l'indigne perfidie,
Le mensonge odieux, la basse calomnie
       Suivent son char d'airain.

❊❊

NE seras-tu jamais assouvi de victimes,
Fanatisme, fléau de la Religion;
Monstre, qui réunis tous les maux, tous les crimes
       Dans ton horrible nom?
Leve ton front hideux sur nos tristes rivages.
Quels seroient tes complots après tant de ravages?
Vois le Gange & l'Indus qui coulent sous ta loi.
Vois du Tage indigné les Nayades tremblantes
Frémir à l'appareil de tes fêtes sanglantes
       Et reculer d'effroi.

❊❊

O vertueux Henri! quitte ces lieux tranquiles
Dont tout homme en naissant s'approche chaque
    jour;

Où la nuit & la mort, aux aîles immobiles,
On fixé leur séjour.
D'un siécle trop vanté connois la barbarie,
L'hidre des assassins qu'engendra ta patrie
N'a pu même en ton sang assouvir sa fureur:
De nos jours, sous nos yeux, un monstre épouventable.......
Je ne puis achever..... Ce penser redoutable
Me pénetre d'horreur.

⁂

Mortels, ah! si du moins dans ce séjour de larmes;
Où tant de maux cruels empoisonnent vos jours,
Si de l'humanité les adorables charmes
Vous prêtoient leurs secours;
Si la tendre pitié versoit sur vos blessures
Ce beaume de l'amour & ces larmes si pures,
Que le cœur seul répand, qu'il peut seul recueillir,
La rage du destin seroit moins déplorable,
Et l'aspect de vos maux, ce spectacle effroyable
Moins dur à soutenir.

⁂

Mais où trouver un homme! Illustre Diogènes
Rentre dans ton Tonneau. Tu parcourus envain

Les Maisons de Corinthe & les Places d'Athènes
Ta Lanterne à la main :
Il n'eſt plus de vertu. Fuis des cœurs inſenſibles ;
Des Juges prévenus, des Tyrans infléxibles ;
Crains le peuple ; il eſt faux, incônſtant & per-
vers ;
Socrate eſt ſa victime ; il chaſſe Alcibiade ;
Il bannit Ariſtide ; & le Grand Miltiade
Expire dans les fers.

✻ ✻

Vantez nous maintenant votre douce influence ;
Beaux arts, vous que l'orgueil a chantés tant de
fois,
Philoſophes galans, vantez nous la puiſſance
Des Lettres & des Loix,....
Des Loix ! Oſez-vous bien, Docteurs de la folie ;
Au ſein tumultueux d'une indécente orgie,
Prononcer, juſte Ciel ! ce reſpectable nom ?
Les Loix ! craintes à Sparte à l'égal du Ton-
nerre,
Et qu'adoroient à Rome, inclinés vers la terre,
Caſſius & Caton.

✻ ✻

Allez, profanateurs, ſur les traces d'Ovide,

Orner la volupté de guirlandes de fleurs.
Méditez dans ses vers l'art indigne & perfide
De séduire les cœurs ;
Poignardez sans remords les époux & les meres :
Déïfiez le crime, & traitez de chimères
Et la foi conjugale & toutes les vertus :
C'est-là votre destin, sacriléges atroces,
Plus barbares cent fois que ces peuples féroces
Qui mangent leurs vaincus.

❀❀

J'AI vû ces attentats & je respire encore !
Je respire, & j'entens blasphêmer tour-à-tour
Le couple le plus saint dont la terre s'honore ;
La nature & l'amour !......
Homme, retire toi. Que ta funeste vûe
Ne porte plus la mort à mon ame éperdue.
Je voudrois de mon cœur à jamais te bannir ;
Et brisant ce lien, hélas ! trop respectable,
Ce nœud qui malgré lui joint l'homme à son
    semblable,
T'oublier & mourir.

L'IMAGINATION,

ODE.

Cette Ode a concouru cette année avec le Mifantrope pour le Prix du genre lyrique, & a obtenu un prix de Poëme réfervé en 1762.

AU fond de cette grotte obfcure
Où loin des fyftêmes trompeurs,
Je contemplois de la nature
Les adorables profondeurs ;
Dans cet azile du filence
Où j'admirois la chaîne immenfe ;
L'ordre & les loix de l'univers ;
Quel Dieu s'empare de mon ame ?
Quel Dieu la pénetre, l'enflame,
Et la dégage de fes fers ?

ENTHOUSIASME irréfiftible,
Je reconnois ton trait vainqueur.
Je céde à ton charme invincible,
Je m'abandonne à ta fureur.

Prends aujourd'hui, monte ma lyre.
Qu'au ton fougueux de mon délire,
On reconnoiſſe tes tranſports.
Que Pindare prête l'oreille ;
Que le grand Rouſſeau ſe réveille ;
(a) Qu'il applaudiſſe à mes accords.

QUELS prodiges incomparables
M'environnent de toutes parts ?
Reſtez, images adorables,
A jamais fixez mes regards....
Mais quelle eſt cette enchantereſſe
Qui ſe plaſt à changer ſans ceſſe
L'aimable aſpect de ces beaux lieux ;
Dont les graces toujours nouvelles,
Sous des formes toujours plus belles,
Se reproduiſent à mes yeux ?

JEUNE Immortelle que j'adore ;
O, Reine de l'Illuſion !

____

(a) *Quid dignum tanto feret hic promiſſor hiatu*, pourra-t-on me de-
mander au début de cet Ode ? Heureux, quand on l'aura lue, ſi le même
Poëte ne fournit pas la réponſe !

Comment te méconnoître encore,
Puissante Imagination ?
Toi, qui, comme une aigle rapide,
De l'empire immense du vuide
Franchissant les sombres déserts,
Sçus jadis d'une main féconde,
Débrouiller le cahos du monde
Et donner l'être à l'Univers.

Sur tes aîles audacieuses
Avec Hésiode (*a*) emporté,
De tes fables ingénieuses
J'aime à contempler la beauté.
Envain la Vérité timide
Oppose à mon vol intrépide
Le triste sort de Phaëton :
Mon ame éprise de tes songes,
Préfere tes rians mensonges
Aux vrais calculs du grand Neuton.

Maintenant si l'Expérience,

____

a) Voyez dans Hésiode le système de la génération des êtres.

Fille du Travail & du Tems,
Loin de toi pénetre en silence
Dans l'abîme des Elémens ;
Laisse-lui le foible avantage
De sonder de ce lieu sauvage
Les sentiers obscurs, incertains :
Dans l'ombre à jamais retenue,
Vois-là se traîner en tortue,
Et poursuis tes brillans destins.

Dans des tourbillons de fumée,
Au milieu d'un tas de mourans,
Si tu nous offres d'une armée
Les redoutables mouvemens ;
C'est une flâme dont la rage
S'anime & croît sur son passage,
En proie aux fougueux aquilons ;
Sorti de ses grottes profondes,
C'est un torrent qui de ses ondes
Poursuit les Nymphes des vallons.

Tantôt sur un lit de verdure,
Au sein d'un tranquile loisir,

Près du cristal d'une onde pure,
Tu nous présentes le Plaisir.
Son front où brillent la jeunesse,
La tendre & naïve allégresse,
Est orné d'un chapeau de fleurs :
Ses doigts voltigent sur sa lyre,
Et sa bouche avec un sourire
Fait la conquête de nos cœurs.

De Lisbonne en cendres réduite
Fais-tu l'effroyable tableau?
Sur tes pas je me précipite,
Et je me perds dans ce tombeau :
J'apperçois un géant horrible,
Qui d'un bras nerveux & terrible,
De la Terre entrouvre le flanc ;
Tandis que sa bouche enflammée
Vomit le soufre & la fumée
Sur ce rivage teint de sang.

Ah ! fuyons cette terre aride
Qui fait pâlir l'astre du jour.
Elevez-vous, palais d'Armide.

Naiſſez, chef-d'œuvre de l'amour.
Loin d'ici mortel flegmatique,
Dont le compas géométrique
Toiſe ce qu'il faut admirer ;
Et vous, enfans de Polymnie ;
Venez ; ſur les pas du Génie,
Ah ! qu'il eſt beau de s'égarer.

C'eſt à vous ſeuls à le décrire
Ce palais ſuperbe, enchanté,
Ce lieu charmant où tout inſpire ,
Où tout reſſent la volupté.
Sous un feuillage ſolitaire,
Entre l'Amour & le Myſtère ;
Renaud, je ſoupire avec toi.
Belle Armide, avec toi j'oublie
La conquête de la Syrie,
Et juſqu'au nom de Godefroi....

Mais loin des bornes de ce monde
Je ſuis tout-à-coup tranſporté.
Quel gouffre abominable, immonde ;
S'offre à mon œil épouvanté ?

L'IMAGINATION,

Fleuve de feu, vagues brulantes,
Torrent de flâmes dévorantes,
Que vous jettez un jour affreux!
Quel bras formidable, invisible,
Frappe dans cet abîme horrible
Des légions de malheureux?

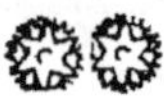

Le voilà leur chef intrépide;
Le rival du Maître des Dieux,
Qui du sein de ce feu liquide
Eleve un front audacieux;
Armé des traits de la vengeance,
Le voilà qui part, qui s'élance;
De ses yeux sortent des éclairs:
Son vol terrible & redoutable,
Comme un tonnerre épouvantable,
Frappe la voute des Enfers.

Belle Eve, oppose ton image
Aux traits hideux de ce tableau:
Que tu me plais dans ce bocage
Et sur les bords de ce ruisseau;
Quand son cristal pur & tranquille

Te

Te préfente un objet mobile
Qui fuit tes moindres mouvemens;
Lorfque dans l'effroi qui t'agite,
De ton jeune cœur qui palpite,
Naiffent les premiers fentimens!

Ô, mes modèles! O, mes maîtres!
Demi-Dieux, dont je fuis jaloux,
Heureux qui dans fes bois champêtres,
S'oublie & fe perd avec vous!
Ravi fur vos brillantes aîles,
Il va des doctes Immortelles
Ecouter les tendres concerts;
Et fur un trône de lumière,
Il voit ramper dans la pouffière
Les habitans de l'Univers.

C

EPITRE
A MA FONTAINE.

Dans ces momens de difcorde & de crimes,
Où fur un char fuivi de la Terreur,
Mars & Bellone, entourés de victimes,
Du Gange au Rhin proménent leur fureur;
Loin de ces lieux où le bronze terrible,
Comme un volcan qui s'entre-ouvre foudain,
Recule, tonne, & de fa bouche horrible,
Vomit la mort qu'il porte dans fon fein ;
Ah ! qu'il m'eft doux, Fontaine aimable &
    pure,
De refpirer fur ce lit de verdure
Que rafraichit le Zéphir amoureux,
Et d'effayer au bruit de ton murmure,
Des fons légers, enfans de la Nature,
Fruit de la paix & d'un loifir heureux !

    Sors de ton lit, Nayade enchantereffe,
Eleve-toi fur tes flots argentés,
Viens partager de mes fens tranfportés,

Et le délire & la folâtre ivresse ;
Vois ces tilleuls que mes mains ont plantés,
Daigne fourire à leurs naiffans ombrages :
L'Art, ce tiran des jeunes arbriffeaux ,
Refpecte encor leurs aimables feuillages
Et la vigueur de leurs premiers rameaux.
La main du Tems, cette main fûre & lente,
Creufa pour toi dans le roc inégal,
Cette cafcade, où ton eau tranfparente
Tombe & s'épanche en nappes de criftal.
Quelques bouillons d'une écume légère,
Soudain formés & détruits à l'inftant,
Sont les jouets de l'onde paffagère ;
Non moins fragile, encor plus inconftant,
L'homme, en fa courfe errante & vagabonde,
Eft agité fur l'océan du monde,
Comme un rameau qui flotte au moindre vent.
    Monde frivole, étonnant affemblage
De préjugés, de vices, de travers,
Mes yeux fur toi font foiblement ouverts ;
Tu ne m'es rien ; cet azile fauvage
A mes regards comprend tout l'univers.
Peintre charmant des rives de Blandufe,
Ne vante plus Tibur & fes tréfors.
Superbe Alphée, immortelle Aréthufe,
C ij

Vous arrosez de moins aimables bords.
Vous n'offrez point à mon ame sensible
Ces grands objets, ce désordre apparent;
Ces bois touffus & cet antre paisible,
Réduits sacrés, où je vais si souvent,
Loin du vulgaire & de toute imposture,
Dans son vrai Temple adorer la Nature,
Et m'abaisser aux yeux du Dieu vivant.
Que l'Eternel est grand & redoutable,
Lorsqu'il descend d'un pas majestueux,
Sur ce rocher, colosse vénérable,
Qui des Enfers s'éleve jusqu'aux Cieux!
Centre éclatant de puissance & de gloire,
Ce jour longtems vivra dans ma mémoire,
Ce jour terrible, où plein de mon effroi,
Je crus le voir s'incliner devant toi.
Il m'en souvient, je goutois en silence
Ce calme heureux, où libre de ses fers,
Le Sage, au poids d'une juste balance,
Pese son être & juge l'univers.
Le seul Zéphir folâtroit dans les airs,
Et promenoit sa volage inconstance,
Quand tout à coup un nuage s'avance,
Chargé de soufre & sillonné d'éclairs.
A la faveur de ses flancs entr-ouverts
Je contemplois la foudre étincelante;

Qui raſſembloit ſous ſon aîle brûlante,
De ſa fureur les inſtrumens divers :
Elle éclata. Le rayon de lumière
Que le ſoleil lance du haut des Cieux,
Moins promptement vient éclairer nos yeux,
Je crus toucher à mon heure dernière.

O, ma Chloé ! quel ſouvenir cruel !
Je vois tomber, frappé du coup mortel,
Cet orme antique, honneur de ce boccage,
Témoin diſcret de mon premier hommage
Et des ſermens d'un amour éternel.

GARDE, ô mon Dieu ! les traits de ta ven-
    geance
Pour ces mortels, perfides, ſéducteurs,
Cruels tirans de la foible innocence,
De la vertu lâches profanateurs.
Dieu de Chloé ! Dieu que mon ame implore,
J'oſe atteſter ton nom, ce nom ſacré.
J'aime Chloé, je l'aime ; je l'adore ;
Mais le beau feu dont je ſuis pénétré,
Tel qu'un rayon de la brillante Aurore,
Chaſte comme elle, eſt par elle épuré.
Sainte Vertu, quel monſtre impitoyable
Réſiſteroit à tes attraits vainqueurs,
Lorſque l'amour vient au fond de nos cœurs
Grayer ton ſceau, ton empreinte adorable !

Sage Chloé, puis-je oublier jamais
Ces mots si doux, ce reproche si tendre,
Que l'autre jour ta voix me fit entendre
Près de ces eaux, sous ces ombrages frais ?
Nonchalamment assis au pied d'un hêtre,
Croyant n'avoir de témoins que les Dieux,
Je badinois sur ma flute champêtre,
Chloé soudain se présente à mes yeux.
  » Lisis est mort, & tu chantes, dit-elle !
  » Lisis est mort. J'ai vû dans son tombeau,
  » Ce bon vieillard, oracle du hameau,
  » De ta Chloé, l'ami le plus fidèle.
  » Laisse tes chants, viens pleurer avec moi.
  » O mon amant ! rends toi digne de l'être.
  » Tu m'es bien cher, tu me l'es trop peut-être,
  » Mais la vertu m'est plus chere que toi.
    Tu vis ses pleurs, & tu m'en vis répandre
De plus amers dans son sein généreux,
Belle Fontaine ; & tes flots amoureux
Pour en jouir parurent se suspendre.
Heureux amant, le bandeau de l'Amour
Se déploya pour essuyer mes larmes.
  Tel autrefois dans ces lieux pleins de charmes,
De la Nature admirable séjour,
L'ardent Pétrarque, aux genoux de sa Laure,
Comblé de biens & desirant encore,

Chantoit Vaucluse & verfoit tour-à-tour
Ces pleurs fi chers à l'objet que j'adore....
Mais, Dieux! quel bruit fur l'aîle du Zéphir,
M'eft apporté du fein de ce feuillage?...
Qu'entens-je encor? & d'où part ce foupir?
Quel doux aiman m'attire en ce bocage?
Entrons... Que vois-je? ô prodige enchan-
    teur!
Chloé... C'eft vous... idole de ma vie,
Pourquoi rougir d'avoir fait mon bonheur?
Tu m'écoutois! ô fort digne d'envie!
Viens, ma Chloé; l'Amour te juftifie:
Il te guidoit, & tu connois mon cœur.

F I N.

TABLE

Fin de la Table.